MUNICIPALITÉ DE SAINT-OUEN (SEINE)

CAUSES DES DÉCÈS

PAR

MALADIES ÉPIDÉMIQUES ET CONTAGIEUSES

DANS LA COMMUNE DE SAINT-OUEN

ET

MESURES DE PROPHYLAXIE

PAR

Le Dr DUBOUSQUET-LABORDERIE

MÉDECIN DU BUREAU DE BIENFAISANCE
MÉDECIN INSPECTEUR DES ÉCOLES

CONGRÈS D'HYGIÈNE – AOUT 1889

PARIS
IMPRIMERIE ET LIBRAIRIE CENTRALES DES CHEMINS DE FER
IMPRIMERIE CHAIX
SOCIÉTÉ ANONYME AU CAPITAL DE SIX MILLIONS
Rue Bergère, 20
1889

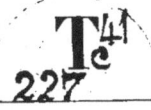

MUNICIPALITÉ DE SAINT-OUEN (SEINE)

CAUSES DES DÉCÈS

PAR

MALADIES ÉPIDÉMIQUES ET CONTAGIEUSES

DANS LA COMMUNE DE SAINT-OUEN

ET

MESURES DE PROPHYLAXIE

PAR

Le Dʳ DUBOUSQUET-LABORDERIE

MÉDECIN DU BUREAU DE BIENFAISANCE
MÉDECIN INSPECTEUR DES ÉCOLES

CONGRÈS D'HYGIÈNE – AOUT 1889

PARIS
IMPRIMERIE ET LIBRAIRIE CENTRALES DES CHEMINS DE FER
IMPRIMERIE CHAIX
SOCIÉTÉ ANONYME AU CAPITAL DE SIX MILLIONS
Rue Bergère, 20
1889

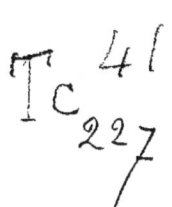

CAUSES DES DÉCÈS

PAR

MALADIES ÉPIDÉMIQUES ET CONTAGIEUSES

DANS LA COMMUNE DE SAINT-OUEN

ET

MESURES DE PROPHYLAXIE

La municipalité de Saint-Ouen a tenu à se rendre à l'invitation qui lui a été faite et à venir exposer au Congrès d'hygiène les conditions hygiéniques de la commune qu'elle représente, à examiner quelles seraient les mesures propres à améliorer la santé publique en diminuant surtout la mortalité par maladies épidémiques et contagieuses.

Dans cet exposé, nous chercherons à répondre, autant que possible, à plusieurs des questions proposées par le Conseil d'administration.

La commune de Saint-Ouen, qui comptait au dernier recensement 21,270 habitants, nombre qui s'est augmenté depuis à cause des travaux commandés à l'occasion de l'Exposition, est, comme toutes les villes ouvrières à population plus ou moins flottante, comme toutes les cités en voie de formation, dans des conditions hygiéniques qu'il faut incessamment modifier par des améliorations locales et par des réformes de législation générale sur la santé publique. Avant 1870 la population de Saint-Ouen était d'environ 9,000 habitants et l'accroissement a été progressif chaque année, malgré les quelques fluctuations en plus ou en moins, le nombre ayant atteint 24,000 habitants ou ayant diminué suivant la plus ou moins grande activité du travail industriel. Les ouvriers se portent dans la banlieue, abandonnant Paris à cause de la cherté des logements et pour se rapprocher de leur centre de travail; mais cette immigration sans cesse croissante, dans des localités qui n'y sont pas préparées ni disposées, a pour conséquence de créer l'encombrement, car l'ouvrier s'entasse avec sa famille, souvent fort nombreuse, dans des maisons et logements insuffisants, où les habitants deviennent rapidement un terrain propre à toutes les contagions. L'encombrement, lié aux privations ou aux excès, la misère sous toutes les formes préparent leur organisme débilité à l'invasion des maladies épidémiques et contagieuses, comme nous le montrons par les chiffres exposés dans ce travail. Il est bon de faire remarquer aussi que la moyenne générale du travail est de dix à douze heures, sans repos réglementaire le dimanche ou jours de fête. Dans un grand nombre d'industries, quand le travail presse, les ouvriers passent souvent deux et trois nuits par semaine, travaillant ainsi vingt-quatre et trente-six heures de suite, avec un repos d'une heure à midi, sept heures du soir et minuit. Un grand nombre ont leur demeure à des distances assez considérables de leurs ateliers pour que, l'aller et le retour comptés, ils ne puissent consacrer à leurs repas plus de dix à quinze minutes, ce qui est absolument insuffisant. Ce sont là de nouvelles causes de surmenage physique et de débilitation qui viennent s'ajouter à toutes celles qui relèvent

de l'encombrement, de logements insalubres, de nourriture défectueuse et mal entendue, d'usage et abus de
boissons frelatées, de privations. Dans la plupart des
logements ouvriers, les cabinets et les fosses d'aisances,
quand il y en a, sont mal établis et mal entretenus. Les
fosses ne sont pas étanches, elles sont mal et irrégulière-
ment vidées, jamais désinfectées ; il y a des tinettes à
découvert dans les cours et les jardins. Des ruisseaux et
caniveaux à ciel ouvert traversent les allées des maisons
et les cours ; dans les escaliers étroits, sans air et sans
lumière, s'ouvrent les portes des cabinets et des plombs,
où on jette toutes les eaux résiduaires et même les
déjections. Dans certaines rues, dans quelques passages,
les résidus ménagers, les déjections sont projetés sur la
voie publique, bien que de notables améliorations aient
été réalisées, car en raison du nombre toujours croissant
de la population, la municipalité a surtout pris à cœur
d'ouvrir de nouvelles voies ou d'améliorer les anciennes,
ce qui est une des meilleures mesures d'assainissement ;
mais ces travaux ont nécessité de grands déplacements
de terre imprégnée, depuis de nombreuses années, par
les détritus des habitations voisines, en plusieurs endroits
par les détritus amenés de Paris, et tous ces travaux,
d'après nos observations, n'ont pas été étrangers à la
production de cas de fièvre intermittente et typhoïde.

Transport et séjour dans notre localité des boues et
ordures de Paris, sans qu'elles soient dans notre commune l'objet d'une industrie particulière, mais dont les
dépôts sont trop rapprochés des habitations ; nombreux
établissements insalubres, un grand nombre de chiffon-
niers en particulier, usine de cirage, raffinerie, etc.

L'eau d'alimentation est mauvaise, eau de Seine et
de puits, fort nombreux sur notre territoire. Ces puits

subissent toutes les infiltrations qui se produisent à travers un sol perméable *(sables dans la plaine)*, proximité de la Seine, où, pendant les grandes chaleurs, les pêcheurs ne peuvent conserver leur poisson, et nous montrerons quelles sont les conséquences de cet état de choses au sujet de la fièvre typhoïde.

Nous désirons tout spécialement attirer l'attention sur une classe d'établissements beaucoup trop nombreux à Saint-Ouen et qui trouvent auprès de l'administration supérieure une trop grande tolérance, nous voulons parler des vacheries ou établissements de nourrisseurs qui constituent un danger flagrant pour la santé publique et qui sont au nombre de trente-huit avec un total de six cents onze têtes de bétail d'après le recensement fait le 23 juillet dernier. Outre les dangers de cette industrie par production de lait le plus souvent mauvais, elle est pour la population environnante la source de nombreux et sérieux inconvénients. Les municipalités exigent bien certaines constructions ou réparations concernant les puisards, égouts, ruisseaux, etc., mais toutes les prescriptions restent lettre morte après la prise de possession des locaux qui s'opère avec la plus grande facilité sans entraves convenables, sans que les formalités exigées aient été remplies, même sans permission dûment autorisée. L'écoulement des eaux résiduaires à l'égout ou dans des puisards étanches n'a pas lieu, les fumiers et matières séjournent trop longtemps dans les cours, la capacité des étables n'est presque jamais réglementaire, il y a des odeurs insupportables et il se forme des infiltrations dans le sol et les nombreux puits du voisinage. Pendant les grandes chaleurs il s'échappe de ces établissements des émanations dont les habitants sont assez incommodés pour que nous ayons plusieurs fois constaté chez eux des indispositions et même des atteintes graves produites non seulement par ces émanations, mais encore par l'ingestion de lait provenant de ces laiteries. Sur le sol des cours se trouve accumulé tout ce qui peut infiltrer dangereusement le sol et rendre l'atmosphère nuisible. Hors des étables, l'insalubrité est aussi complète qu'à l'intérieur, flaques et ruisseaux infects constamment alimentés par le purin qui vient des étables, fumiers que des volailles et des porcs fouillent constamment. Des étables s'échappent tous les liquides excrémentitiels qui se mélangent aux eaux pluviales, entretiennent l'humidité naturelle au sol du pays et favorisent toutes les fermentations végétales et animales. Nous n'avions pu pendant longtemps nous expliquer comment il pouvait se trouver dans certaines cours d'énormes monceaux de fumier, d'après le nombre de bêtes et la parcimonie bien connue de ces industriels à propos de la litière et voici ce que nous avons appris : les laitiers pour avoir le droit de se mettre sous les portes cochères de Paris enlèvent dans les écuries pour en débarrasser leurs propriétaires les fumiers d'un grand nombre de maisons et ils les échangent avec leurs fournisseurs contre de la luzerne, des fourrages ou de la litière. Pour éviter plusieurs chargements successifs, ils attendent que la provision faite dans leurs cours soit assez considérable pour s'en débarrasser d'un seul bloc et il résulte que le séjour prolongé de ces fumiers et que leurs transports répétés sur la voie publique disséminent dans l'air les germes de toutes sortes qu'ils contiennent. Chez plusieurs de ces nourrisseurs l'écoulement du purin se fait directement au ruisseau de la rue et l'odeur en est spéciale à cause des drèches dont on nourrit les animaux, indépendamment des odeurs aigres propres à la drèche elle-même. On ne peut pas passer à côté de ces établissements sans éprouver des nausées et les jeunes enfants sont particulièrement impressionnés par les émanations qui s'en dégagent. Les nourrisseurs donnent comme principale nourriture à leurs animaux des drêches constituées par la partie de l'orge non dissoute par l'eau lors du brassage et laissée dans les cuves après la macération du malt. Les drêches très aqueuses contiennent 74 parties d'eau et 26 0/0 de parties solides *(fécule, son, hordeine, albumine, sucre, alcool, matières amères)*. Un litre de drêches vaut environ deux kilogrammes de betteraves, ce qui explique la grande consommation qu'en font les industriels de cette catégorie pour augmenter la production de lait. On en donne de quinze à vingt-cinq litres aux animaux. Exposées à l'air, ces drêches subissent différentes fermentations et exhalent des odeurs insupportables. Leur composition est très variable et parfois elles contiennent de notables proportions d'alcool de grain si toxique à la longue, ce qui expliquerait avec le manque d'air et la viciation de l'atmosphère des étables où vivent les animaux, les accidents si fréquents qu'on observe chez les enfants après l'ingestion plus ou moins prolongée du lait qui provient de ces établissements *(athrepsie, troubles gastro-intestinaux, diarrhée cholériforme, tuberculose)*.

Souvent les habitants de ces laiteries jettent sur les fumiers toutes les déjections, et dans une circonstance nous avons eu la plus grande peine à faire comprendre à une famille les dangers d'exposer ainsi les déjections d'un typhique. Dans cette famille, à la suite de ce premier cas, il y a eu deux autres cas dont la cause très probable était l'eau d'un puits servant à l'alimentation et qui avait reçu des infiltrations.

Ces établissements toujours en état d'infection sont

dangereux pour la santé publique, comme il appert de tous les documents fournis par les médecins et des vœux formulés par eux à ce sujet. Comme tous ceux qui se sont occupés de la question, nous croyons qu'il y aurait urgence à restreindre le nombre de ces établissements et à exercer sur eux une attentive et sévère surveillance.

Par le nombre d'habitants, pour toutes les conditions d'insalubrité énumérées plus haut, la commune de Saint-Ouen est un vaste champ d'observations, trop fertile en maladies épidémiques et contagieuses : fièvre typhoïde, troubles gastro-intestinaux, rougeole, coqueluche, diphtérie, tuberculose, maladies qui nous arrêteront un instant et dont nous parlerons d'après leur ordre de fréquence en nous basant sur la statistique municipale.

Dans ce travail, nous nous sommes attaché à donner un tableau exact des décès par maladies contagieuses, à étudier leurs causes et à chercher les moyens d'y remédier, moyens qui ont été maintes fois signalés par d'autres que par nous, mais dont l'application rigoureuse s'impose de plus en plus. Nous avons pris pour exemple l'année 1888, qui est cependant une année très moyenne, favorable même, comme on en jugera en comparant les chiffres de décès des années précédentes. En 1888, pas d'épidémie de fièvre typhoïde qui ne se présente que par cas isolés, pas d'autres épidémies ayant causé un nombre important de décès dont le total est bien inférieur à celui des quatre années précédentes. Dans notre commune, d'après les adresses prises sur les bulletins de décès, les trois quarts des cas de mortalité par maladies contagieuses et épidémiques ont lieu dans des logements ouvriers, la population aisée ne représentant que le quatrième quart des décès. En

*

1884, par exemple, sur trente-cinq cas de choléra qu'il nous a été donné de suivre du début à la fin, indépendamment des malades envoyés à l'hôpital et dont nous ne parlons pas faute de renseignements suffisants, il n'y a eu que deux cas chez des gens dont l'habitation et les habitudes ne pouvaient être incriminées. Presque tous les décès d'athrepsie, de choléra, de fièvre typhoïde, de diarrhée cholériforme, de rougeole, de coqueluche, de diphtérie s'observent dans des maisons où ces maladies sont fréquentes, c'est-à-dire dans les maisons les plus insalubres et dans les familles les plus malheureuses. Dans notre localité, il nous est démontré de la façon la plus nette, que les épidémies frappent les quartiers les plus pauvres, les maisons et taudis infects, les rues, passages ou impasses sans eau et sans égout. Mais le danger d'insalubrité des habitations n'existe pas seulement au point de vue épidémique et contagieux, il existe encore à l'état permanent et s'exerce continuellement sur l'habitant. Si la fièvre typhoïde, la diphtérie, la rougeole, qu'un préjugé considère comme bénigne, si les maladies zymotiques font dans les maisons malsaines des ravages considérables, bien considérable aussi est le nombre de pauvres gens, de femmes surtout, qui meurent d'anémie, d'étiolement, de tuberculose. Tous ces jeunes gens dégénérés, mal venus, que les conseils de revision ajournent ou exemptent pour difformités, faiblesse de constitution, exiguïté de taille, bronchite chronique, scrofulose, rhumatisme et maladies de cœur, sont nés et ont vécu pour la plupart dans ces logements insalubres.

Il est de toute nécessité d'arrêter cette déchéance et cette mortalité terrible et journalière qui frappent les populations laborieuses de notre cher pays.

— 11 —

TABLEAU DES DÉCÈS GÉNÉRAUX DES CINQ DERNIÈRES ANNÉES.

1884.	564 décès.
1885.	521 —
1886.	501 —
1887.	550 —
1888.	491 —

Les bulletins de décès de ces cinq dernières années montrent que la mortalité par maladies zymotiques est toujours comparable et très élevée. Prenons la diphtérie par exemple et nous trouvons :

1884.	11 décès.
1885.	15 —
1886.	16 —
1887.	14
1888.	13

Dans ces chiffres ne sont pas comptés le nombre de malades morts dans les hôpitaux et qui est d'un quart environ en plus pour chaque année.

L'année 1888 est une des années les plus favorables, nous le répétons, et cependant nous trouvons pour 491 décès généraux, que la phtisie a tué 147 personnes, la méningite et d'autres manifestations tuberculeuses 23, soit :

Par tuberculose	170
Par athrepsie, diarrhée cholériforme.	122
Par rougeole	18
Par diphtérie	13
Par fièvre typhoïde.	8
Par coqueluche	8
Par scarlatine.	1
Par variole	1
Par tétanos.	1
TOTAL	342

En 1888, il n'y a pas eu de décès par choléra nostras, contrairement aux autres années. Cette année, il y a quelques jours, une femme encore jeune, ordinairement bien portante, a succombé à une atteinte de ce genre en même temps que plusieurs enfants mouraient de diarrhée cholériforme. Depuis deux mois nous avons soigné et vu presque journellement des enfants et des adultes atteints de troubles gastro-intestinaux et dont plusieurs l'ont été très gravement.

Nous étudierons rapidement ces différentes maladies au point de vue de l'étiologie et de la prophylaxie, d'après leur ordre de fréquence en nous basant sur la statistique municipale.

TUBERCULOSE

En 1888 elle cause 170 décès.

Depuis 1883, nous avons cherché à connaître quels étaient les gens qui payaient le plus lourd tribut à cette maladie et nous avons trouvé une proportion de 78 0/0 pour les gens venus de la campagne depuis un temps qui varie de dix ans à trois mois. Les Limousins, les Bretons, les Alsaciens-Lorrains sont ceux qui fournissent le plus de cas, les cultivateurs originaires du pays et la population depuis longtemps acclimatée restant à peu près indemnes, les cultivateurs tout particulièrement. Nous avons vu une famille alsacienne, composée du père, de la mère et de deux enfants, complètement éteinte par la phtisie et la méningite. Depuis six ans nous donnons des soins à une famille bretonne qui était composée du père, de la mère et de quatre enfants ; la mère est morte phtisique, le père est atteint, une fillette de dix ans a été emportée en quelques jours par une tuberculose à forme de granulie et les trois autres enfants survivants sont entachés de scrofulose. Dans quatre cas, nous avons vu la contagion s'établir nettement entre conjoints, malgré des antécédents irréprochables. Les logements occupés par les malades sont tous insalubres au dernier chef, sans air et sans lumière et avec l'encombrement et la misère la contagion paraît se faire souvent avec la plus grande rapidité.

Il faudrait éviter la dissémination des poussières des crachats desséchés en interdisant de battre ou d'exposer à l'air les objets contaminés par des phtisiques et répandre l'usage des crachoirs. Après chaque décès on devrait obligatoirement procéder à une rigoureuse désinfection comme pour les autres maladies contagieuses, interdire la location à de nombreuses familles de logements sans air et sans lumière, apprendre à la population au moyen de conférences et de cours publics, de brochures distribuées par le soin des municipalités, les dangers de négliger les affections de l'appareil respiratoire, de cohabiter avec les phtisiques et il serait bon d'interdire l'école aux enfants atteints de bronchite suspecte. Une mesure excellente au point de vue de la contagion serait que plusieurs municipalités fissent entre elles des conventions pour établir des hôpitaux, des sanatoria de phtisiques, où ces malheureux recevraient des soins convenables et ne seraient plus un danger pour leurs familles.

ATHREPSIE,
DIARRHÉE CHOLÉRIFORME, TROUBLES GASTRO-INTESTINAUX

En 1888, il y a eu 122 décès par ces causes. Peu ou pas de décès dans les cinq premiers mois de chaque

année. Les décès commencent en juin pour atteindre
leur maximum en juillet-août et diminuer en septembre.
L'influence saisonnière est des plus manifestes et d'autant
plus grave que les étés sont plus chauds. Aussi, en 1888,
où il a fait moins chaud que les années précédentes la
mortalité a été moindre et, au sujet de ces décès toujours
la même loi : *plus les gens sont ignorants et dans des conditions d'hygiène mauvaises, plus il y a mortalité.* Tous les ans
à partir de la fin juin il ne se passe pas de journée que
nous n'ayons à soigner des cas de ce genre chez les
jeunes enfants, le biberon et le mode d'alimentation étant
avec la saison, les causes productrices les plus évidentes.
A partir d'un an et même avant, toute nourriture est
bonne ici pour les enfants, depuis le fruit jusqu'à la
charcuterie et comme boisson du vin suivant les idées
de la famille! Jusqu'à huit et dix ans peu d'enfants des
classes pauvres ont échappé à ces troubles ; les adultes
eux-mêmes ne sont pas épargnés, car chez eux aussi les
troubles gastro-intestinaux sont des plus fréquents. Depuis
le 29 juin 1885 jusqu'au 17 septembre de la même année
nous relevons sur nos notes de nombreux cas de diarrhée
cholériforme chez les adultes dont plusieurs ont présenté
de véritables atteintes de choléra sporadique; un vieillard
de soixante-dix ans a même succombé. La même année du
1er juillet au 17 septembre, il y a eu 49 décès par athrepsie et cholérine, la période correspondante de l'année 1884
donne 57 décès et, autre fait intéressant, c'est que la
mortalité se groupe par certaines journées à 2, 3, 4 décès
par jour, puis une période de calme. (*Communication à
l'Académie de médecine 22 septembre 1885.*)

Pour diminuer cette mortalité considérable, il serait
nécessaire, parmi les prescriptions déjà édictées et qui
ont, grâce à la loi Roussel, apporté de notables amélio-

rations dans les localités où elle est rigoureusement appliquée, que les certificats de nourrices ne soient pas aussi facilement obtenus. Autant que possible, les médecins inspecteurs seuls devraient les délivrer, car il y a de ce côté un abus flagrant. Toutes les fois que le mari ne travaille pas ou que le salaire de la famille baisse, la mère cherche à se procurer un nourrisson et cela sans aucune préparation ni instruction, sans aucune habitude préalables, dans des logements étroits, au milieu de l'encombrement et de la malpropreté. Pas un médecin ayant exercé dans un milieu ouvrier, n'ignore l'influence de ces milieux sur les troubles gastro-intestinaux et n'a été frappé par l'odeur aigre qui se dégage des biberons et par les émanations nauséabondes de certains logements! Un grand nombre de ces nourrices parmi lesquelles beaucoup ont des mœurs des plus irrégulières, n'ont aucun moyen d'existence, manquent souvent d'argent pour acheter du lait et des vases convenables.

Tout certificat ne devrait être délivré qu'après un examen sérieux du logement; le biberon à tube devrait être absolument prohibé. Il serait urgent d'instruire la population sur les dangers de l'allaitement artificiel et de l'alimentation prématurée. Il ne sera pas permis à une nourrice d'élever en même temps deux enfants au sein et la désinfection rigoureuse des déjections et des linges souillés sera pratiquée. Pour éviter une cause de mortalité fréquente aussi, on devrait empêcher à moins de circonstances spéciales dont le médecin serait juge, le transport des nouveau-nés chez la nourrice immédiatement après la naissance, un grand nombre de nourrissons succombant en hiver dans les quelques jours qui suivent leur arrivée chez la nourrice.

ROUGEOLE

A causé 18 décès en 1888. Cette maladie, parmi les fièvres éruptives, tient le premier rang comme morbidité et mortalité. Il ne se passe pas d'année que nous n'ayons d'épidémies nous forçant à fermer les écoles. Elle sévit gravement chez les enfants de un à quatre ans. Malheureusement un préjugé dangereux est enraciné dans les classes pauvres et même dans les classes plus élevées qui considèrent la rougeole comme bénigne et il nous est arrivé, au mois de novembre 1886, de voir un enfant en pleine éruption jouer dans une cour et succomber quatre jours après d'une broncho-pneumonie. Tous les ans, nous voyons la rougeole se réveiller dans les mêmes quartiers et les mêmes maisons. Dans une famille misérable, nous avons soigné, en 1885, six enfants sur six atteints de la rougeole et deux ont succombé. Chez les enfants lymphatiques, scrofuleux, qui sont presque en majorité dans la population ouvrière, la rougeole a très souvent des conséquences graves en donnant un coup de fouet à la tuberculose qui sommeille dans ces organismes affaiblis.

Il faut surveiller très attentivement toutes les réunions d'enfants, crèches, asiles, écoles, car la mortalité par rougeole augmente continuellement ; prescrire l'éloignement des enfants en bas âge, l'isolement absolu du malade, la désinfection rigoureuse du logement et des hardes, empêcher les enfants de rentrer à l'école avant six semaines et avant d'avoir pris un bain de propreté.

DIPHTÉRIE

A causé 13 décès en 1888, pas un seul décès d'adulte. Cette maladie s'observe comme les autres dans les milieux malsains et encombrés. Dans une famille d'ouvriers, composée de neuf membres, nous avons vu quatre personnes atteintes; dans un autre logement, nous avons vu la diphtérie renaître pendant trois années consécutives. D'après les travaux de Klebs, de Roux et Yersin, le jour commence à se faire sur cette maladie dont les conditions étiologiques et de propagation étaient mal connues et, à cause de cette ignorance et de cette obscurité, il est certain que, jusqu'à présent, les mesures prises contre elle ont été insuffisantes et dépourvues d'efficacité sérieuse.

Isolement rigoureux, éloignement des autres membres de la famille, désinfection des logements et des vêtements. Forcer les familles à faire prendre un bain de sublimé, par exemple, avant la rentrée à l'école. L'origine aviaire de la diphtérie paraît nettement établie en certaines circonstances et il y aurait, en s'en rapportant à cette origine, à prendre des mesures de prophylaxie au sujet des basses-cours, des fumiers, etc.

FIÈVRE TYPHOÏDE

A causé 8 décès en 1888. Elle sévit presque toujours dans les maisons où il y a eu des cas antérieurs. Sur un chiffre de 59 cas (1885), nous trouvons dix-sept maisons où il y a eu des cas pendant l'épidémie de 1884 *(de 1 à 6 cas dans les deux épidémies)*. Ce qui nous a frappé aussi, c'est que ces maisons ont été seules ou à peu près seules les foyers de l'épidémie cholérique de 1884. Sur 35 cas de choléra, 19 ont eu lieu dans des maisons déjà contaminées par l'épidémie typhoïdique de 1883 et 1884. Toutes ces maisons sont dans un état déplorable et il n'est pas surprenant qu'elles soient les milieux de culture les plus favorables.

On observe continuellement à Saint-Ouen des cas isolés de fièvre typhoïde qui se réveille à l'état épidémique pendant les mois chauds, de juin à septembre, 1883, 1884, 1885, 1887. L'année 1888 est une des moins chargées comme léthalité, cette année il y a eu quelques cas, mais on ne peut dire que 1888 et 1889 au moins jusqu'à présent pour 1889 soient des années d'épidémie. Pendant l'épidémie de 1884, qui a été très nombreuse, nous avons constaté que les cas les plus nombreux et les mieux groupés suivaient les égouts dont l'entretien à ce moment était des plus défectueux. Chez un commerçant nous avons vu la fièvre typhoïde renaître pendant trois ans à la même époque août-septembre, dans une chambre étroite et malpropre où couchaient ses employés et dont la literie n'avait jamais été refaite ou désinfectée.

En 1885, après la fonte de la neige qui avait couvert le sol pendant plusieurs jours et après plusieurs mois pendant lesquels il n'y avait pas eu de fièvre typhoïde, nous avons donné des soins à trois enfants et une jeune fille : ces quatre cas ont éclaté dans les quartiers les plus pauvres, les plus malsains, où les détritus et les déjections sont jetés sur la voie publique et dans des maisons où il y avait eu des cas précédemment et qui s'alimentaient d'eau dans des puits qui venaient de recevoir très probablement les infiltrations provenant de la fonte de la neige. Dans la très grande majorité des maisons visitées par la fièvre typhoïde, nous avons toujours constaté l'existence de fosses et cabinets défectueux, de puits servant à l'alimentation. Dans un logement où nous avons soigné deux typhiques, sous le fourneau de la cuisine passait un tuyau venant des étages supérieurs et conduisant les matières à la fosse ; ce tuyau présentait des fissures et a certainement joué un rôle dans la génèse de ces deux cas.

En dehors des causes prédisposantes individuelles il faut chercher l'origine de la fièvre typhoïde :

1° Dans l'eau d'alimentation venant de cours d'eau pollués comme la Seine, de-sous-sol et de puits infiltrés. Les familles pauvres boivent de cette eau sans aucune précaution de filtration ou d'ébullition et paient la plus grosse dime à la maladie;

2° Dans les matières fécales et déjections des malades qui paraissent d'autant plus nuisibles qu'elles subissent une fermentation dans des fosses ou des égouts mal entretenus, ou sur des linges restés longtemps exposés dans les appartements;

3° Dans la décomposition rapide des excréments favorisée par la chaleur, la stagnation, le manque de renouvellement d'air dans les habitations.

L'étude des épidémies auxquelles nous avons assisté donne raison à ces trois modes de production, mais c'est surtout dans l'eau d'alimentation qu'il faut chercher le principal facteur, l'eau de Seine nous ayant toujours paru être une des causes les plus certaines, tous nos malades ayant fait usage de cette eau ou d'eau de puits.

La première mesure de prophylaxie est de pourvoir les habitants d'une eau aussi irréprochable que possible. Il faut surveiller la propreté et l'aération des maisons, forcer les propriétaires à avoir des fosses étanches qu'on devra désinfecter en temps d'épidémies et à la première apparition de la maladie.

Déclaration de chaque cas et désinfection obligatoire après la maladie. Désinfection des déjections et interdire leur séjour dans les appartements. Défendre aux commerçants et patrons de donner à leurs employés des chambres insuffisamment aérées. Mais comment arriver à une prophylaxie sérieuse de la fièvre typhoïde et de toutes les maladies contagieuses si la déclaration de chaque cas et la désinfection de la maison et du logement ne deviennent pas obligatoires, ce que nous appelons de tous nos vœux?

En temps d'épidémie il faut recommander de surveiller la provenance du lait et de le faire bouillir, car il a paru jouer un rôle prépondérant dans l'étiologie de plusieurs épidémies, soit que le lait ait été mouillé avec de l'eau contenant des germes, ou que les vases aient été lavés avec cette eau, ou que les vaches aient été traites par des personnes soignant des typhiques.

Dans une circonstance nous avons été témoin du fait suivant : au-dessus de vases contenant du lait qu'on venait de traire et d'un réservoir où on lavait ces vases passait une corde sur laquelle on étendait les linges souillés par les déjections d'un malade et deux voisins qui se servaient de lait à cette laiterie ont été atteints de fièvre typhoïde.

COQUELUCHE

A causé 8 décès en 1888.

Les épidémies de coqueluche sont très fréquentes et on peut dire sans exagérer qu'il y en a toujours quelques cas. C'est une maladie fertile en complications dans le jeune âge, et après avoir consulté les bulletins de décès depuis 1883, nous avons vu la coqueluche incomparablement plus meurtrière que la scarlatine. Isolement absolu du malade, éloignement des autres enfants, désinfection du local et des vêtements.

SCARLATINE

Elle arrive au dernier rang avec la variole : 1 décès en 1888.

VARIOLE

L'année 1888 ne présente qu'un seul décès ; mais, au commencement de cette année (1889), a éclaté, à la verrerie de Saint-Ouen, une épidémie qui a frappé 38 personnes et a causé 3 décès. C'est un ouvrier venant de Vierzon ayant encore la figure et le corps couverts de croûtes qui nous semble avoir été la cause de cette épidémie. Pour éteindre cette épidémie, ayant eu à faire procéder à la désinfection des locaux occupés par une population nombreuse, ignorante et malheureuse, nous avons eu la plus grande peine à faire exécuter cette opération dans des conditions convenables. Notre équipe de désinfecteurs fut menacée par les verriers de leurs cannes chauffées au rouge et d'eau bouillante. L'intervention du commissaire de police fut nécessaire, et si nous mentionnons ce fait, c'est pour montrer à quelles résistances on peut se heurter tant que des prescriptions obligatoires et sévères ne seront pas édictées et ne seront pas entrées dans les mœurs hygiéniques de la population. Si la nature du virus variolique est douteuse et si les modes de transmission paraissent fort variables, il est à peu près certain que c'est plutôt au contact des personnes et des objets contaminés que se fait la transmission que par l'intermédiaire de l'air atmosphérique. L'air atmosphérique peut bien servir de véhicule ; mais, dans une épidémie dont nous avons été témoin, le poison ne nous a pas paru avoir un très grand pouvoir de diffusion. Autour d'un battage de tapis en plein air, éclate une épidémie de variole qui atteint 11 personnes et cause 2 décès. Aucun ouvrier du battage de tapis n'a été malade, bien qu'à notre avis l'origine de l'épidémie soit imputable à des tapis suspects ; la première personne qui a été contaminée avait son habitation à environ 150 mètres de l'établissement et n'avait eu aucun rapport avec les gens de cet atelier. L'épidémie est restée localisée dans le quartier le plus voisin de ce battage de tapis, et le cas le plus éloigné a eu lieu à peu près à 300 mètres, le malade n'ayant eu, d'après notre enquête, aucun rapport avec les gens contaminés. Depuis le mois de mai 1883, nous avons relevé le nombre de varioleux soignés par nous ou envoyés à l'hôpital : sur 58 cas avec six décès connus, nous avons pu constater de la façon la plus certaine que les personnes qui ont succombé n'avaient pas été vaccinées *(3 enfants en bas âge, un Italien, un Belge, une jeune fille de dix-huit ans, qui avait bien été vaccinée à l'âge de deux mois, mais qui ne portait aucune cicatrice)*. La vaccination et la revaccination sont donc les moyens prophylactiques les plus utiles et les plus indispensables. Mais pour avoir toute efficacité, elles devraient être obligatoires comme en Allemagne, où un cas de variole est un événement que les médecins viennent voir de plusieurs lieues à la ronde. En France, il y a bien actuellement une tendance à cette obligation, puisqu'on n'admet les enfants aux écoles que sur un certificat de vaccine et qu'on revaccine obligatoirement tous les soldats de l'armée active et tous les hommes appelés pour les vingt-huit et treize jours Dans les écoles, nous ne pouvons procéder aux revaccinations que si les parents en donnent l'autorisation, et il est difficile de se faire une idée des prétextes absurdes qu'ils invoquent. Il faudrait que vaccinations et revacci-

nations fussent obligatoires avec un service organisé dans
toutes les mairies. Quand il se produit des cas de variole,
isolement absolu du malade et des personnes qui le soi-
gnent, désinfection du local, des meubles, de la literie
et des hardes. Défense absolue de transporter des malades
dans des voitures autres que celles destinées aux maladies contagieuses, enfin empêcher les malades de sortir
avant parfaite desquamation.

Après cet aperçu sur les maladies épidémiques et contagieuses de notre localité, il ne nous reste plus qu'à
exposer aussi sommairement que possible les mesures
générales les plus propres à les diminuer et parmi lesquelles nous placerons :

1° La réforme complète des lois, décrets, ordonnances
régissant l'hygiène publique, surtout en ce qui concerne
les logements insalubres et tous les établissements pou-
vant nuire à la santé publique ;

2° La déclaration obligatoire de tous les cas épidémiques et contagieux en tant que, pour les médecins, cette
déclaration sera compatible avec le secret professionnel ;
la désinfection obligatoire après chaque cas ;

3° Inspection médicale des écoles et l'hygiène scolaire ;

4° Intructions données à la population au moyen de
conférences et de cours publics, de brochures envoyées
par le soin des mairies

1° Logements et établissements insalubres.

C'est à une conférence faite par notre confrère, M. le
docteur A.-J. Martin, si compétent en matière d'hygiène,
que nous empruntons les principales données de cette
partie de notre travail. Si le médecin peut, par des mesures d'hygiène, empêcher la propagation des maladies

infectieuses, il faudrait pour lui donner toute puissance
effective que la loi mît à sa disposition des moyens pour
appliquer ces mesures, car, actuellement, il est armé
bien faiblement et la législation qui a pour but de préserver la santé publique est bien peu efficace : nous nous
en rendons compte tous les jours quand la Commission
des logements insalubres veut faire appliquer la loi dans
notre localité populeuse. Les municipalités, les pouvoirs
publics, les médecins ne sont pas assez armés même
dans des circonstances d'urgence absolue. A chaque instant, il arrive à la mairie des plaintes très justes et très
motivées, et nous ne pouvons rien, même dans les cas où
il faudrait agir rapidement. Les plaintes resteront frap-
pées de nullité, tant que les pouvoirs publics s'exerçant,
bien entendu, avec compétence et impartialité, n'auront
pas un contrôle et un pouvoir suffisant pour prendre les
mesures que nécessite l'hygiène publique.

En France, c'est au pouvoir municipal que la santé
publique est confiée au point de vue général, la loi sur
la protection des enfants du premier âge permet au dé-
partement de prendre des mesures pour l'hygiène de la
première enfance, l'État a la police sanitaire des épidémies, des épizooties, des grands travaux d'assainissement,
établissements insalubres, matières alimentaires, etc..
mais les lois, décrets, règlements donnent-ils satisfaction
à l'hygiéniste? Si le maire est le principal agent de la
salubrité depuis la Révolution, les préfets ont aussi le
pouvoir d'assurer l'hygiène dans leurs départements.
Mais trop souvent leur action est entravée par l'autorité
locale, il s'élève des conflits et rien de ce qui est parfois
fort urgent d'exécuter ne se fait. D'après notre dernière
loi municipale de 1884, qui reproduit les dispositions
insérées depuis 1789, la police municipale a pour objet

d'assurer le bon ordre, la sûreté et la salubrité publiques, en provoquant au besoin l'intervention de l'administration supérieure. Mais tout cela est bien platonique, l'intervention supérieure est souvent bien tardive et de son côté l'autorité municipale se heurte continuellement à l'exercice de la propriété privée. En résumé, le maire ne possède aucun pouvoir qui lui permette d'être juge des moyens et mesures dont la loi cependant semble lui conférer l'application. Peut-il même en cas d'urgence absolue engager de son autorité propre les finances de la commune, peut-il prescrire de lui-même un moyen obligatoire de faire disparaître une cause flagrante d'insalubrité? La jurisprudence elle-même est restée des plus étroites à ce sujet : dans un arrêté du 27 septembre 1884, le maire de la ville de Caen, sur l'avis de la Commission d'hygiène, ordonne la suppression d'un puisard qui par ses mauvaises odeurs et ses infiltrations contaminait les propriétés voisines et les eaux souterraines d'alimentation ; la Cour de cassation juge en 1885 que la suppression du puisard constitue une atteinte aux droits de propriété. Dans un second cas, lors d'une épidémie de variole, le maire de Toulon prescrit des badigeonnages à la chaux et le Tribunal de simple police reconnaît le bien-fondé de l'arrêté, mais la Cour de cassation le déclare illégal. Des mesures urgentes prescrites chez nous à l'époque du choléra de 1884, ou au sujet de fièvres typhoïdes, ne sont pas encore prises. L'autorité des préfets est également limitée et entravée et, si maires et préfets prescrivent la vaccination et la revaccination, l'isolement des malades et la désinfection, ils ne peuvent rien ordonner obligatoirement.

Dans le Code pénal, il y a bien les articles 471, 474, il y a bien l'article 161 du Code d'instruction criminelle,

l'article 192 visant la matière et le principe inscrit dans
le Code pénal et aux termes desquels tout dommage
même involontaire causé à autrui peut donner lieu non
seulement à une réparation civile mais encore à l'application d'une peine; ce principe si bien appliqué dans
certains pays, est absolument resté inappliqué en France
au point de vue sanitaire. La seule loi rigoureuse que
nous ayons est la loi de 1822, mais elle ne vise que les
maladies exotiques comme si la tuberculose et les maladies zymotiques de nos climats n'étaient pas plus ter-
ribles que le choléra ou la fièvre jaune puisque nous
voyons que dans notre localité seule elles ont causé en
1888, 342 décès sur un total de 491.

La loi du 13 avril 1850 ne s'applique qu'aux logements mis en location laissant aux propriétaires habitant leur maison le droit de se nuire comme ils l'en-
tendent. *Cette liberté du suicide* enlève à la loi la plus
grande partie de son efficacité car le propriétaire peut nuire
à d'autres qu'à lui-même; personne ne devrait avoir le
droit d'avoir chez lui un foyer d'infection et ce sont les
peuples qui ont le plus souci de la liberté individuelle
qui ont promulgué à ce sujet les lois les plus draco-
niennes. Aux États-Unis le « National Board of Health »
(Conseil national de santé) va jusqu'aux mesures les plus
sévères lorsque les intérêts de la collectivité sont com-
promis par la négligence ou l'imprudence d'un de ses
membres. La loi recommande de poursuivre aussi sévè-
rement que des assassins ceux qui cherchent à dissi-
muler des cas infectieux notamment les cas de variole.
Sans être aussi draconiens, nous devrions bien, au lieu
de nous laisser arrêter par des questions de liberté mal
entendue, édicter des lois assurant d'une façon efficace la
santé publique.

Si les locataires ont souvent raison de se plaindre de leurs logements, il est de toute justice aussi que le propriétaire ne soit pas rendu responsable de l'insalubrité créée par le fait du locataire. Nous connaissons des maisons qui ont été livrées aux locataires dans les meilleures conditions d'hygiène et qui sont actuellement dans le plus déplorable état et à ce sujet il y aurait à examiner attentivement et à classer les cas qui pourraient se présenter.

Dans la loi de 1850, les causes d'insalubrité ne sont nullement précisées, et la Préfecture de la Seine, comme le Conseil d'État, se refusent à reconnaître l'eau comme un élément indispensable à la salubrité des habitations; le tribunal de simple police, à Paris, déclare, en 1885, que forcer un propriétaire à amener l'eau dans son immeuble, porte atteinte aux droits de propriété et que ce n'est bon que pour le bien-être et la commodité des locataires. Nous avons bien également les commissions des logements insalubres, mais elles fonctionnent mal ou pas du tout; il se produit des conflits entre elles et les commissions d'hygiène créées en 1848. La procédure est des plus lentes, des procès se prolongent pendant cinq, six et dix ans, au grand détriment de la santé publique; lorsque le Conseil de préfecture a ordonné une enquête, la procédure est devenue si compliquée, si touffue, qu'il est impossible d'en sortir.

La loi est donc de tous points insuffisante, une revision complète de notre législation sanitaire s'impose, et la municipalité de Saint-Ouen insiste particulièrement à ce sujet. Toutes les maladies épidémiques et contagieuses ont des rapports étroits avec l'état d'insalubrité du milieu où elles naissent, le choléra, par exemple, de même que l'homme est influencé par le milieu où il vit, et plus ce milieu est malsain, plus on voit la maladie y faire des ricochets, selon la très juste expression de M. Lévy. Il y a donc nécessité absolue, urgente à avoir des lois assurant l'assainissement des maisons et des localités.

2° Déclaration obligatoire des cas contagieux et désinfection obligatoire.

Pour avoir complète efficacité, une nouvelle loi sanitaire doit inscrire en principe l'obligation de déclarer tout cas contagieux et celle de l'isolement dans la mesure du possible ; elle doit déclarer obligatoire la désinfection des locaux après chaque maladie contagieuse. En 1884, nous avons fait soigneusement désinfecter les locaux après chaque cas de choléra et nous n'avons pas vu un seul cas se reproduire après la désinfection. Plusieurs fois, à la suite d'épidémies d'oreillons ou de rougeole, nous avons prescrit la désinfection des écoles et les épidémies ont toujours été arrêtées : ce qui prouve toute la valeur de cette mesure. Nous nous sommes servi des vapeurs sulfureuses, qui, à notre avis, constituent le plus efficace et le plus pratique moyen quand il s'agit de grandes surfaces. Une objection sérieuse se pose au sujet de la désinfection obligatoire. Comment priver les gens de leurs logements pendant la durée de la désinfection ? Nous répondrons qu'il est facile à chaque municipalité de disposer d'un local avec lits, couvertures, feu pendant l'hiver et mobilier indispensable. Le Conseil municipal de Saint-Ouen s'est déjà occupé de cette question et dans notre localité, avant peu, cette objection ne pourra plus être faite.

3° Inspection médicale des Écoles et Hygiène scolaire.

On peut considérer les écoles fréquentées actuellement par un très grand nombre d'enfants comme des foyers où viennent aboutir tous les germes et d'où les germes peuvent se répandre sur un quartier, sur la ville. L'inspection médicale en surveillant le milieu scolaire peut rendre de grands services à la population tout entière, mais elle ne peut avoir toute son utilité qu'à la condition que les mesures demandées par le médecin soient promptement et ponctuellement exécutées et il faut bien avouer que certaines municipalités ne se rendent pas compte de tous les effets d'une rigoureuse prophylaxie. Les conseils du médecin sont discutés, les mesures prescrites par lui ne sont pas prises à temps, quand toutefois on veut bien en tenir compte. Pour nous-même, nous n'avons jamais eu qu'à nous louer de l'empressement que nous a toujours montré la municipalité à laquelle nous avons affaire et de l'appui qu'elle nous a toujours prêté, mais il n'en est pas partout ainsi. En cas de licenciement, les parents viennent se plaindre que leurs enfants leur causent de grands embarras et l'opinion publique ne sachant pas apprécier toute l'importance des précautions préventives, agit plus sur certaines municipalités que les conseils du médecin. L'inspection des écoles est ainsi parfois paralysée. Elle ne sera vraiment efficace que lorsqu'elle jouira d'une certaine autonomie et qu'elle sera soustraite aux tiraillements administratifs. A l'appui de ce que nous avançons nous pouvons citer un fait qui s'est passé il y a quatre ans : de très nombreux cas d'oreillons se déclarent rapidement dans un asile, le médecin demande le licenciement immédiat, mais la fermeture de l'asile fut retardée et l'épidémie gagna les écoles de garçons et de filles. Au lieu de n'avoir eu très probablement qu'à fermer l'asile, on fut obligé de fermer tout le groupe, mais deux jours seulement furent accordés aux garçons bien moins atteints, et il est arrivé que deux mois après, il y avait encore quelques cas d'oreillons et que de nombreux parents furent eux-mêmes contagionnés. L'épidémie a été bénigne, c'est vrai, mais ce qui a eu lieu pour les oreillons aurait pu se passer pour une épidémie plus grave et la lenteur de la municipalité aurait pu avoir des conséquences graves.

Il y a, dans les écoles de Saint-Ouen, au 1er juillet 1889, 3,685 élèves présents, répartis en quatre groupes et il est nécessaire pour une population scolaire aussi considérable que l'hygiène scolaire soit rigoureusement observée, car c'est chez l'enfant que débutent généralement les maladies zymotiques. Il y a intérêt considérable pour la population des villes à préserver les écoles de toute contamination et à y arrêter toutes les épidémies naissantes. A cet effet, plusieurs mesures nous paraissent devoir être adoptées. Nous avons proposé depuis longtemps une désinfection mensuelle aux vapeurs sulfureuses en dehors même de toute épidémie, désinfection des plus faciles à exécuter la veille des jours de fête ou de congés. Un contact de vapeurs pendant douze à quinze heures suffit pour tuer des germes qui se réveillent sous des influences que nous ne connaissons pas et après des périodes du calme le plus complet.

Presque toujours les épidémies débutent par les asiles et les écoles maternelles et il y aurait un très grand avantage à isoler les asiles, à les construire loin des autres écoles. Cet hiver une épidémie de rougeole se déclare dans un asile et gagne rapidement les écoles de filles qui n'en sont séparées que par un mur peu élevé, tandis que les écoles de garçons plus éloignées sont restées indemnes. Les épidémies scolaires suivent à peu près constamment cette marche, les jeunes enfants présentant moins d'immunité que les enfants plus âgés. Il est nécessaire d'éviter tout encombrement, un grand nombre de classes étant beaucoup trop chargées d'élèves. Il faut défendre tout époussetage et recommander de ne faire de nettoyage qu'avec des linges humides et de ne balayer qu'après avoir humecté le sol pour éviter de soulever les poussières. Les nettoyages seront pratiqués immédiatement après la sortie des élèves et pour que les nettoyages soient plus faciles et plus efficaces, tous les murs devraient être peints avec une couleur à l'huile à base de zinc, tous les angles supprimés et remplacés par des pans coupés ou arrondis. Pour éviter l'humidité, si nuisible aux enfants, il serait bon de cimenter les murs à 1 mètre du sol. Les fosses et cabinets d'aisances constituent certainement la partie la plus défectueuse et la plus dangereuse de nos écoles. La fosse permanente, si étanche qu'elle soit, est une cause continuelle d'infection et que de fois par les temps lourds l'odeur des fosses se répand dans tous les groupes, créant dans ces milieux d'enfants, si sensibles aux émanations, une atmosphère nauséabonde et malsaine. Les fosses sont le plus souvent mal ventilées et il serait prudent, comme l'a proposé M. le professeur Layet, de rendre cette ventilation aussi énergique que possible et de faire passer les gaz de la fosse à travers un appareil chargé de substances antiseptiques qui arrêterait et détruirait les germes.

Ce sont les groupes scolaires qui devraient être tout particulièrement pourvus d'eau irréprochable et nous trouvons qu'on a tort de trop se fier aux filtres qui se dérangent à chaque instant et n'assurent pas la salubrité de l'eau.

4° Instructions données à la population.

Comme l'a exprimé M. le docteur Rochard, nous avons, pour créer une agitation en faveur de l'hygiène auprès de la population, tous les leviers qui soulèvent l'opinion publique : la presse, la tribune, les écoles. A l'école, on devrait donner aux enfants les préceptes les plus élémentaires de l'hygiène et leur faire comprendre, par exemple, que la rougeole n'est pas une maladie bénigne comme le croient leurs parents. Il serait aussi à désirer que les municipalités soucieuses de la santé publique, comme celle que nous représentons· ici, fasse imprimer et distribuer à chaque père de famille des brochures très claires où on donnerait des instructions concernant les maladies contagieuses. La municipalité de Saint-Ouen, sur notre demande, est entrée dans cette voie et déjà les sacrifices qu'elle s'est imposés ont porté leurs fruits, car, cette année même, la population ayant entendu parler de décès par fièvre typhoïde et cholérine a pris quelques précautions. Ainsi, nous avons constaté avec la plus grande satisfaction que plusieurs familles pauvres faisaient bouillir l'eau d'alimentation et redoublaient de soins et de propreté, précautions que certainement elles n'avaient jamais prises. Cette constatation prouve que la population finira par comprendre tout le bien qu'on veut lui faire et qu'elle nous aidera dans la tâche féconde que nous avons entreprise. Ce résultat sera d'autant plus heureux que nous pouvons actuellement, grâce aux recherches et aux découvertes de la microbiologie, agir plus efficacement qu'autrefois et la diminution de la morbidité et de la léthalité nous récompensera des peines que nous prenons pour l'humanité et pour la patrie.

Dr DUBOUSQUET-LABORDERIE.

PARIS. — IMPRIMERIE CHAIX, 20, RUE BERGÈRE. — 17872-8-9.

IMPRIMERIE CENTRALE DES CHEMINS DE FER. — IMPRIMERIE CHAIX
RUE BERGÈRE, 20, PARIS. — 17874-7-9.